HEINRICHS WELT

Bernhard Hagemann

HEINRICHS WELT

Mitteldeutscher Verlag

Heinrich wurde in die kalte Jahreszeit geboren.

Er war ein fröhliches Kind. Sein sonniges
Gemüt und sein ungebremster Bewegungsdrang
brachten viel Freude und Unruhe ins Elternhaus.

Seine Eltern hatten wenig Geld. Heinrich besaß kaum Spielzeug. Aber dank seiner Phantasie wurde es ihm nie langweilig.

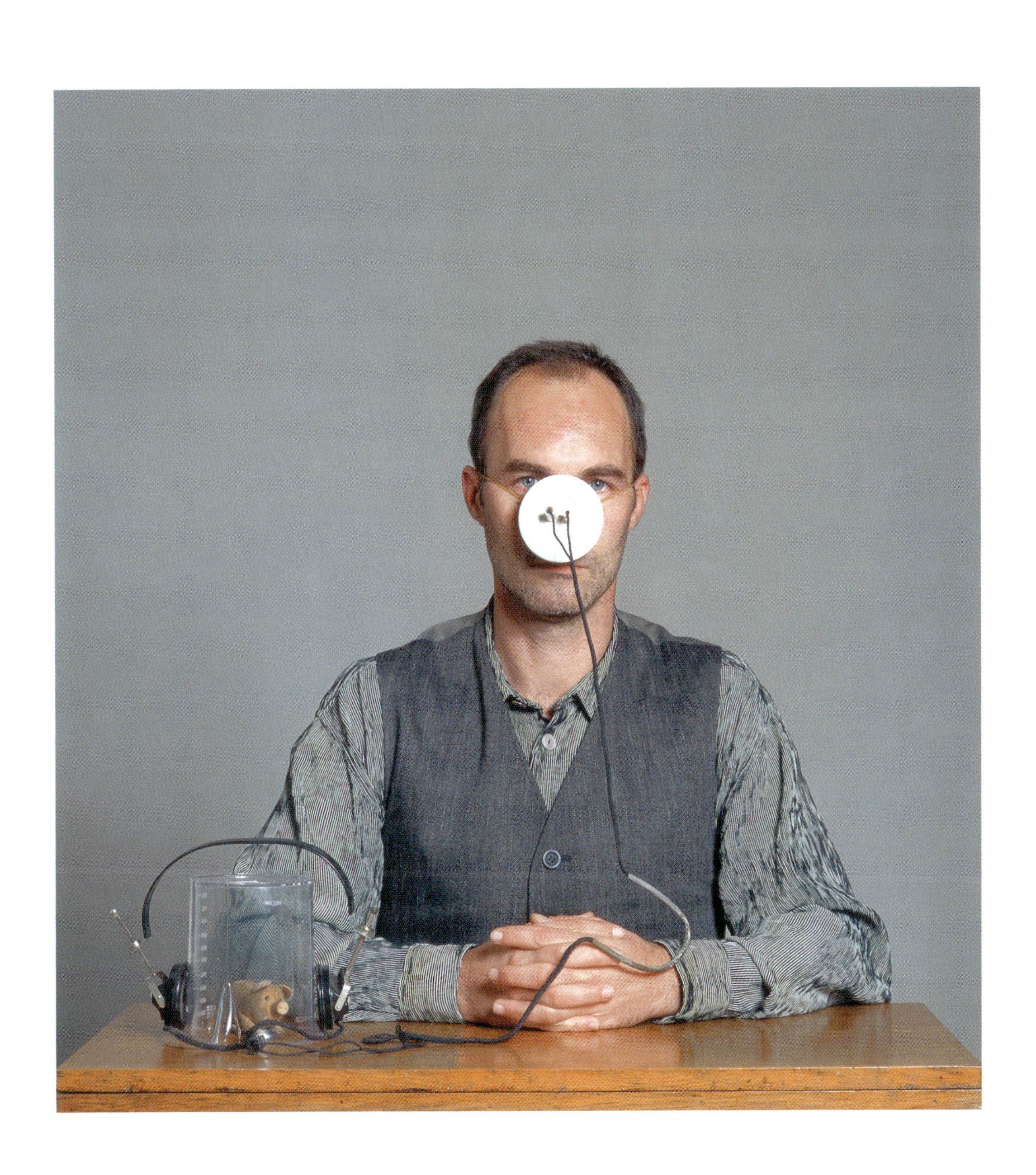

Seine älteren Geschwister freuten sich über einen neuen Spielkameraden.

DANKE
DANKE

Wie alle Kinder spielte auch Heinrich gerne
Verstecken.

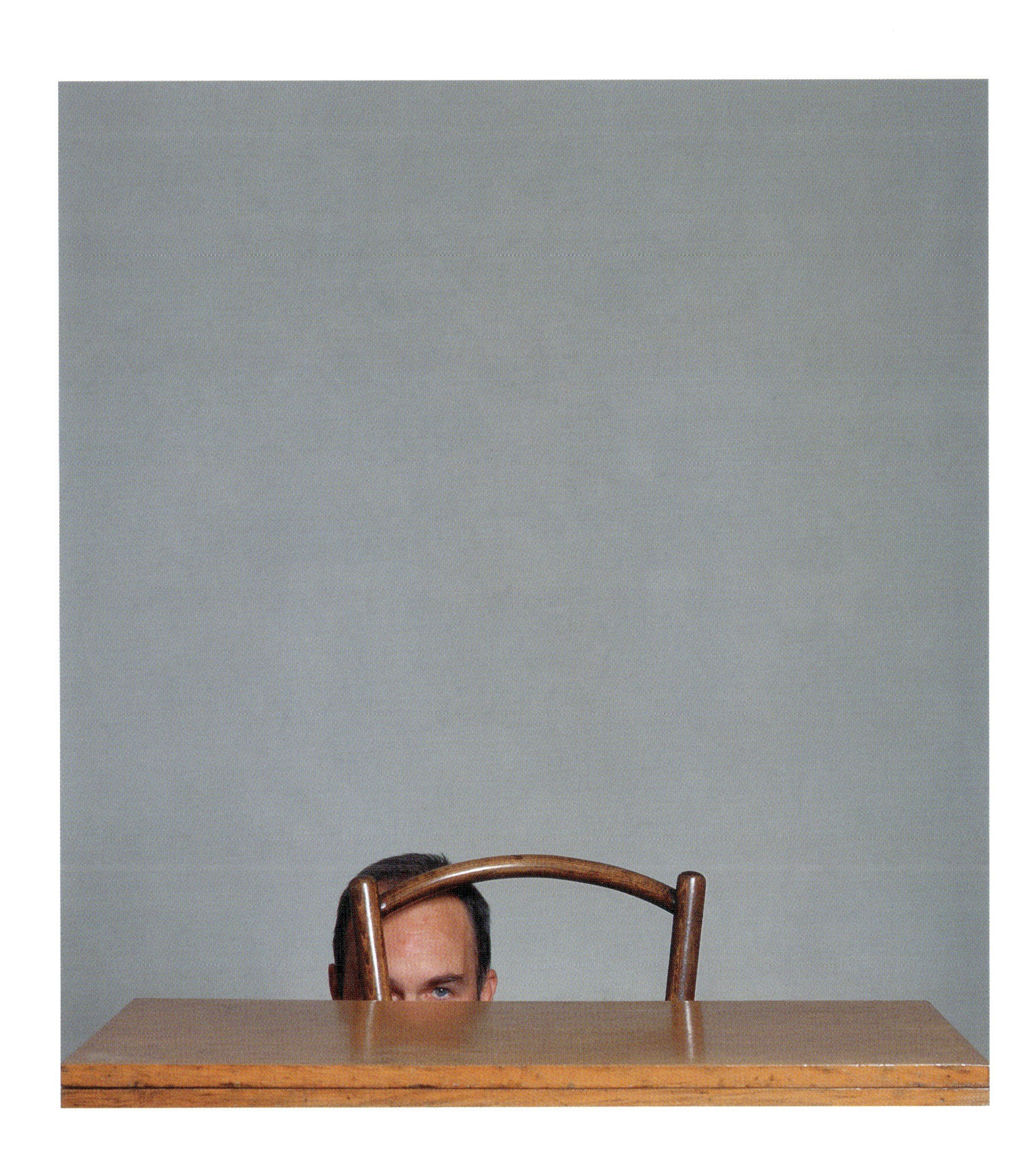

Heinrich liebte Tiere. Am meisten mochte
er selbst gebastelte Mohnbrötchenläufer mit
Petersilienschwanz und Olivenaugen.

Vor Schwänen aber hatte er Angst.

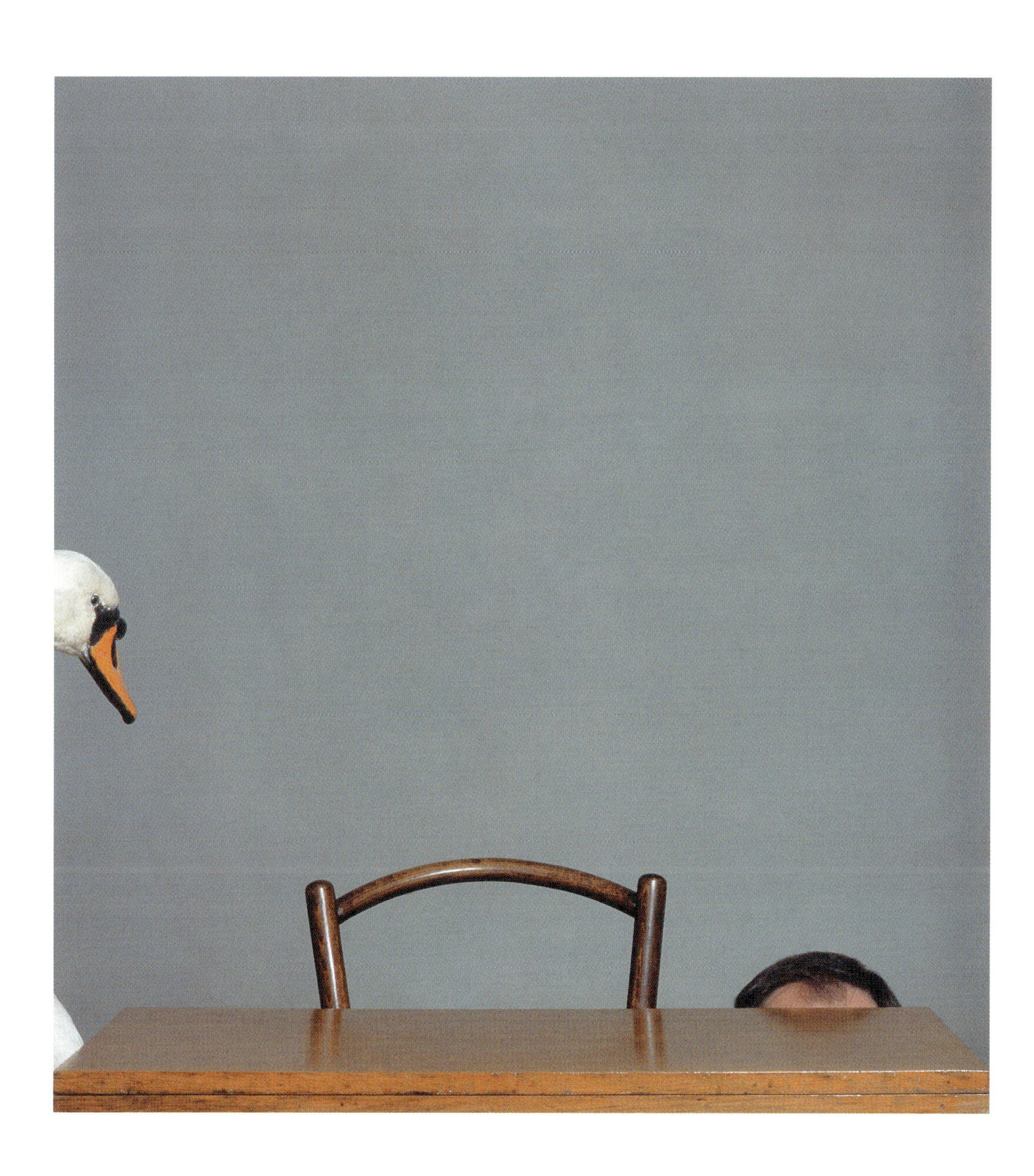

Fahrradfahren lernte Heinrich ohne Stützräder.

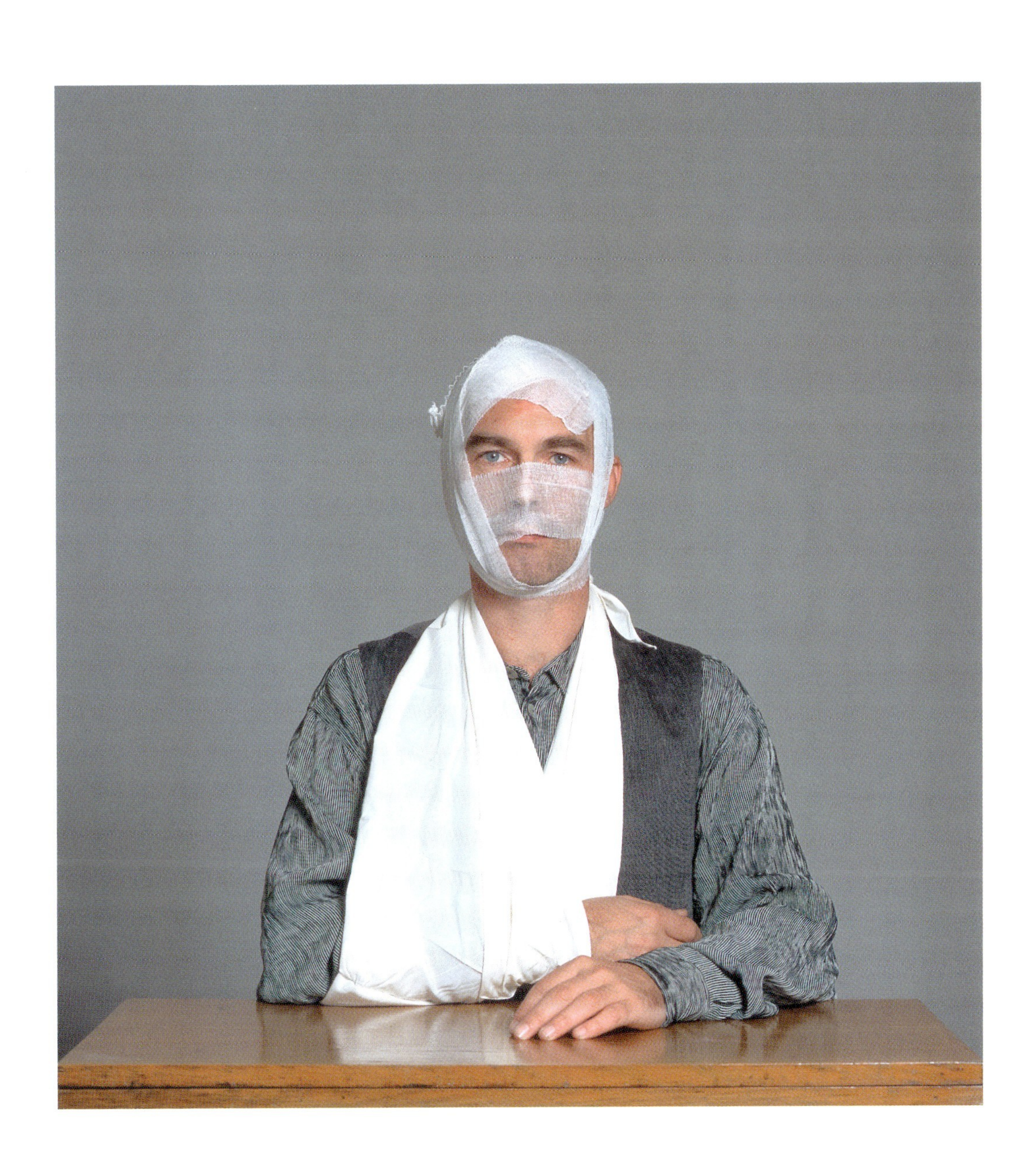

Doch sein Element war das Wasser.

Getrübt wurde seine Kindheit durch die
erzieherische Strenge des Vaters.

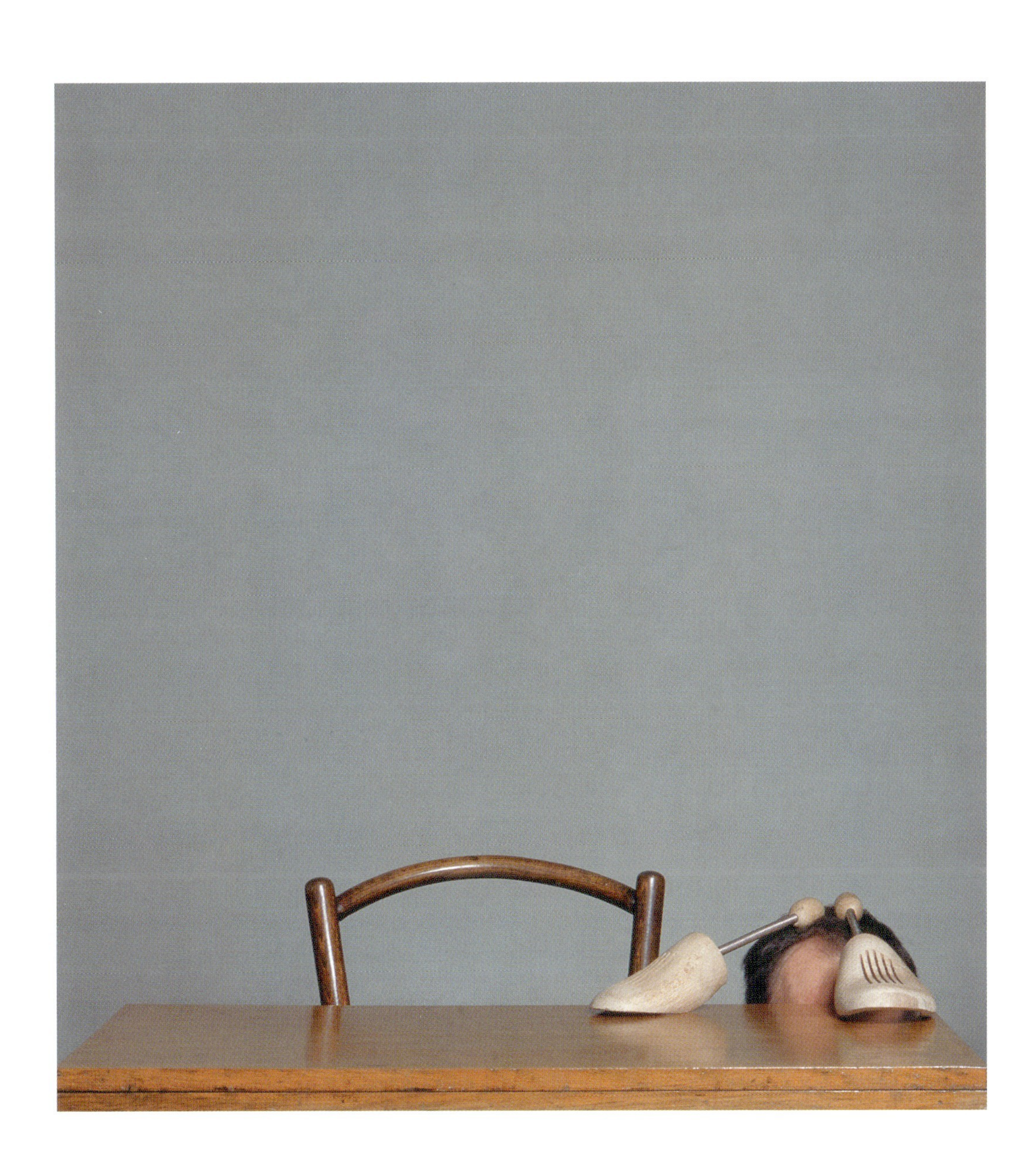

So lernte Heinrich seine wahren Gefühle zu verbergen.

Heinrich war ein schlechter Esser. Er musste so lange am Tisch sitzen bleiben, bis sein Teller leer war.

Aber im Laufe der Zeit ersann er eine List, wie er den Teller leeren konnte, ohne die verhassten Nudeln zu essen.

Er aß auch keinen Salat.

Heinrich besaß ein außergewöhnliches Talent.
Er konnte täuschend echt Tiere nachahmen. Zum
Beispiel das Schwein.

Das Schaf.

Den Hund.

Das Pferd konnte er nicht.

Er aß auch kein Obst.

Und er hasste Wurstbrot mit gefächerter Gewürzgurke.

Heinrich wurde älter und entwickelte einen feinen Humor.

Mit seinen Späßen machte er sich aber nicht nur Freunde.

Manchmal schlug Heinrich über die Stränge.

Eines Tages geriet sein Leben aus den Fugen.

Heinrich zog sich mehr und mehr zurück.

Er schuf sich eine ganz eigene Welt.

In seiner Phantasie aber war er ein wilder Dschungelkerl.

Heinrich verlor die Orientierung. Er hatte keine Arbeit, keine Freunde, kein Geld.

Ihm war, als sei nichts mehr von ihm übrig.

Doch Heinrich kehrte ins Leben zurück.

Dank seines Talents wurde er für den Film entdeckt. Die Kritiker überschlugen sich. Er überzeugte sowohl als jugendlicher Liebhaber ...

… wie auch als skrupelloser Bösewicht.

Heinrich wurde berühmt. Das brachte ihm lukrative Werbeaufträge ein.

Adult 1+
Beef Liver

Sein bekanntes Gesicht war vielseitig einsetzbar.

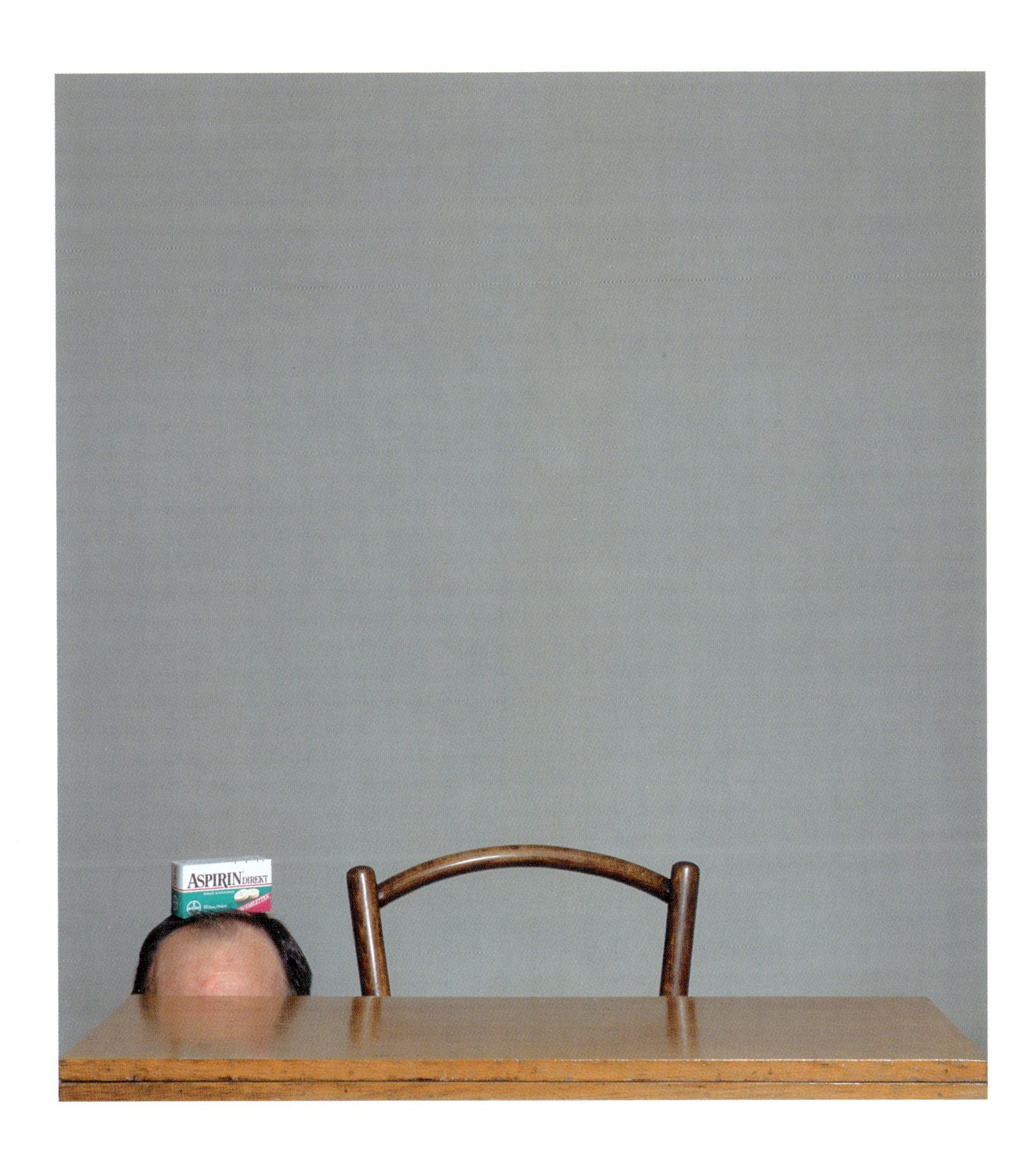
ASPIRIN DIREKT

Endlich fügte sich alles zum Guten. Heinrich lernte seine Frau Anna kennen. Sie waren sich in Vielem ähnlich.

Ein Jahr später kam Heinrichs Sohn zur Welt.
Emmanuel wurde in die kalte Jahreszeit geboren.

Ich danke Friedrich Wollweber für seine grandiose Darstellung des Heinrich, für seine Kongenialität und für seine Ideen, die er in das Projekt mit einbrachte. Unter anderem würde Heinrich nicht so wunderbar über dem Tisch schweben und der Mohnbrötchenläufer wäre nie in der hiesigen Artenvielfalt aufgetaucht.

B. H.

www.bernhardhagemann.de

2007

Fotografie, Text, Konzept: Bernhard Hagemann

ISBN 978-3-89812-468-3

www.mitteldeutscherverlag.de
www.heinrichswelt.de

Printed in Germany